3個問號偵探團
7

恐龍大復活

文　波里斯・菲佛
圖　阿力
譯　姬健梅

企劃緣起

現在，開始讀少兒偵探小說吧！

親子天下閱讀頻道總監／張淑瓊

閱讀也要均衡一下

爲什麼要讀偵探小說呢？偵探小說是一種非常特別的寫作類型，臺灣這幾年奇幻文學大發燒，類似的故事滿坑滿谷；除了奇幻故事之外，童話或是寫實故事也是創作和閱讀的大宗。偵探和冒險類型的小說相對而言就小眾多了。不過，偵探小說在全世界可是佔有很大的出版比例，光是看這兩年一波波福爾摩斯熱潮，從出版、電視影集到電影，就知道偵探小說的魅力有多大了。

但在少兒閱讀的領域中，我們還是習慣讀寫實小說或奇幻文學爲主，畢竟考試當前，升學掛帥，能撥出時間讀點課外讀物就挺難得了，在閱讀題材的選擇上，通常就會以市面上出版量大的、得獎的、有名的讀物為主。殊不知，偵探故事是少兒最適合閱讀的類型，因爲它不只是一種文學，更是兼顧閱讀和多元能力養成的超優選素材。

成長能力一次到位

偵探小說是一種綜合多元的閱讀類型。好的偵探故事結合了故事應該有的精采結構、主角們在不疑之處有疑的好奇心和合理的懷疑態度，還有持續追蹤線索過程中的耐心與熱情，解答問題過程中資料的蒐集解讀、推理判斷能力的訓練，遇到難處或危險時需要的勇氣和冒險精神、機智和靈巧，還有和同伴一起團隊合作的學習，和面對彼此性格態度不同時的衝突調解和忍耐體諒。這些全部匯集在偵探小說的閱讀中，厲害吧！

閱讀偵探故事，可以讓孩子在潛移默化中培養好奇心、觀察力、推理邏輯訓練、資料蒐集能力、團隊合作的精神、人際互動的態度……等等。這麼優質的閱讀素材，怎麼能在孩子的閱讀書單中缺席呢！這就是為什麼我們一直希望能出版一套給少兒讀的偵探小說系列。

閱讀大國的偵探啓蒙書

去年我們在法蘭克福書展撈寶，鎖定了這套德國暢銷三百五十萬冊、全球售出多國版權的【三個問號偵探團】系列。我們發現臺灣已經有了法國的「亞森羅蘋」、英國的「福爾摩斯」，還有我們出版的瑞典的「大偵探卡萊」，現在我們找到以自律、嚴謹聞名的閱讀大國德國所出版的「三個問號偵探團」，我們希望讓臺灣的讀者們也可以和所有的德國孩子一樣享讀這套「偵探啓蒙書」。跟著三個問號偵探團一樣，隨時準備好所有行動需要的工具，體會「空氣中突然充滿了冒險味道」的滋味，像他們一樣自信的說：「解開疑問就是我們的專長」。我們希望孩子們在安全真實的閱讀環境中，冒險、推理、偵探、解謎！

推薦文

好文本×好讀者＝享受閱讀思考的樂趣

臺灣讀寫教學研究學會理事長／陳欣希

偵探故事是我最愛的文類之一。此類書籍能帶來「閱讀懸疑情節」和「與書中偵探較勁」的樂趣，但，能否感受到這兩種樂趣會因「文本」和「讀者」而異。以認知心理學的角度來看，「令人感興趣」即表示「大腦注意到並能理解」；容易被大腦注意到的訊息有兩種：新奇和矛盾，讀者愈能主動比對正在閱讀的訊息與過往知識經驗的異同，愈能將文字敘述轉爲具體畫面並拼出完整圖像，就愈能享受閱讀思考的樂趣。但，正邁向成熟的小讀者，仍在培養這種自動化思考的能力，於是，文本的影響力就更大了。

了解前述原理，再來看看【三個問號偵探團】，就不難理解這系列書籍能讓人一口氣讀完而忽略長度的原因了。

「對話」，突顯主角們的關係與性格

文中的三位主角就像其他偵探一樣，有著「留意周遭、發現線索、勇於探查」的特質，不一樣的是，多了「合作」。之所以能合作，友誼是主要條件，但另一條件也不可少，即，各有專長。此外，更不一樣的是，這三位主角也會害怕、偶爾也會想退縮，但還是因爲友誼，外加「幽默」，讓他們即使身陷險境，仍能輕鬆以對。要如何感受到三位偵探間的深厚情誼以及各自鮮明的個性特質呢？請留意書中的「對話」！

「情節」，串連故事線引出破案思惟

情節安排常會因字數而有所受限制，或是案件的線索太明顯、眞相呼之欲出，連讀者都能很快的知道事件的原由；或是線索太隱密，讓原本就過於聰明的偵探一眼識破，而一頭霧水的讀者只能在偵探解說時才恍然大悟。這系列書籍則兼顧了兩者。書中的數個情節，看似無關，但卻有條細線串連著。只要讀者留意一些看似突兀的插曲，留意加入故事的新人物，其實不難發現這條細線，更能理解主角們解決案件的思惟。

【三個問號偵探團】這系列書籍所提到的議題，是十歲小孩所關切的。再加上文字描述能讓讀者理解主角們的性格與關係，讓讀者有跡可尋而拼湊事情的全貌。簡言之，對十歲小孩來說，此類故事即能帶來前述「閱讀懸疑情節」和「與書中偵探較勁」的雙重樂趣。對了，想與書中偵探較勁嗎？可試試下列的閱讀方法：

閱讀中

根據文類和書名以形成假設
（我知道偵探故事有哪些特色，再看到書名，我猜這本書的內容是什麼？）

→ **尋找線索以形成更細緻的假設**
（我注意到作者安排另一個角色或某個事件，可能與故事發展有關……）
（我注意到的線索、形成的假設，與書中偵探的發現有何異同？）

→ **帶著假設繼續閱讀**

→ **連結線索以檢視假設**
（哪些線索我比書中偵探更早注意到？哪些線索是我沒留意到？是否回頭重讀故事內容？）

推薦文

【三個問號偵探團】＝偵探動腦＋冒險刺激＋幻想創意

閱讀推廣人、《從讀到寫》作者／林怡辰

「老師，你這套書很好看喔！我在圖書館有借過！」、「我覺得這集最好看，老師這本你可以借我嗎？」自從桌上放了全套的【三個問號偵探團】，已經好幾個孩子過來「關注」：刺激、有趣、好看、一本接一本停不下來。都是他們的評語。

是的，【三個問號偵探團】就是一套放在書架上，就可輕易呼喚孩子翻開的中長篇偵探故事，每一本書都是一個驚險刺激的事件，場景從動物園、恐龍島、幽靈鐘、鯊魚島、古老帝國、外星人……光看書名，就覺得冒險刺激的旅程就要出發，隨著旅程探險，案件隨時就要登場！

故事裡三個小偵探，都是和讀者年齡相仿的孩子，十歲左右的年齡，帶著小熊軟糖、到達祕密基地，彼此相助和腦力激盪；勇氣是標準配備，細心觀察和思考是破案關鍵；好奇加上團隊合作，搭配上孩子最愛動物園綁架、恐龍蛋的復育、海盜、幽魂鬼怪神祕、幽靈船的膽戰心驚、陰謀等關鍵字。無怪乎，這套德國出版的偵探系列，一路暢銷、至今不墜，也輕易擄獲眾多國家孩子的心。

最值得一談的是，在書中三個小主角身上，當孩子閱讀他們的心裡的話、思考的模式：正面、善良、溫柔、正義；雖有掙扎，但總是一路向陽。讀著讀著，正向的成長性思維和不畏艱難的底蘊，輕鬆遷移到孩子大腦。

而且，這套偵探書籍和其他偵探系列的最大不同，除了場景都有豐富的冒險元素外，敘述和文字掌控力極佳，翻開書頁彷彿看見一幕幕畫面跳躍過眼簾，細節顏色情感，讀來感嘆萬千。不只偵探的謎底和邏輯，文學的情感和思考、情緒和投入，更是做了精采的示範！

在細緻的畫面中，從文字裡抽絲剝繭，一下子被主角逗笑、一下子就緊張的捏緊了拳頭。理解、整合、思考、歸納、分析，文字量適合剛跳進橋梁書的小讀者，當成偵探小說的第一次接觸。在享受文字帶來的冒險空氣裡、抓緊了書頁，靈魂跳進了迷幻多彩的偵探世界，大腦不禁快速運轉，在小偵探公布謎底前，捨不得翻到答案：「解開疑問就是我們的專長！」怎麼可以輸給三個問號偵探團呢！

就讓孩子一起乘著書頁，成爲三個問號偵探團的第四號成員，讓孩子靈魂一起在文字裡探索、線索中思考、找到細節解謎，享受皺眉困惑、懸疑心跳加速，最後較量著誰能提早解謎，在三個偵探團的迷人偵探世界翱翔吧！

推薦文

值得被孩子看見與肯定的偵探好書

彰化縣立田中高中國中部教師／葉奕緯

在破舊鐵道旁的壺狀水塔上，一面有著白藍紅三個問號的黑色旗幟，隨風搖曳著，而這裡就是少年偵探團：「三個問號」的祕密基地。

開頭便用破題的方式進入事件，讓讀者隨著主角的視角體驗少年的日常生活，也在他們推敲謎團並試圖解決的過程中逐漸明白：這是團長佑斯圖的「推理力」，加上鮑伯的「洞察力」以及彼得的「行動力」，三個小夥伴們齊心協力，冒險犯難的故事。

而我們未嘗不也是這樣長大的呢？與兒時玩伴建立神祕堡壘、跟朋友間笑鬧互虧、跟夥伴玩扮家家酒的角色扮演，和大家培養出甘苦與共的革命情感——我們都是佑斯圖，也是鮑伯，更是彼得。

從故事裡不難發現，邏輯推理絕不是名偵探的專利。我們只需要一些對生活的感知力，與一點探索冒險的勇氣，就能擁有解決問題的超能力。

某日漫步街頭，偶然看見攤販店家爲了攬客而掛的紅色布條，寫著這樣的宣傳標語：「感謝ＸＸ電視台、〇〇新聞台，都沒來採訪喔！」看似自我解嘲的另類行銷，其實也在默默宣告著：「我們沒有強大的外援背書，但我們有被人看見的自信。」

【三個問號偵探團】系列小說，也是如此。

沒有畫著被害人倒地輪廓的命案現場、百思不解的犯案過程，以及天馬行空的破案手法等各式慣見的推理元素，書裡都沒有出現；有的是十歲孩子的純眞視角、尋常物件的不凡機關、前後呼應的橋段巧思，以及良善正向的應對態度。

或許不若福爾摩斯、亞森羅蘋、名偵探柯南、金田一等在小說與動漫上的活躍知名，但本書絕對有被人看見的自信，也值得在少年偵探類受到支持與肯定。

我們都將帶著雀躍的心情翻開書頁，也終將漾著滿足的笑容闔上。

來，一起跟著佑斯圖、鮑伯與彼得，在岩灘市冒險吧！

目錄

人物介紹

藍色問號：彼得．蕭

年齡：十歲

地址：美國岩灘市

我喜歡：游泳、田徑運動、佑斯圖和鮑伯

我不喜歡：替瑪蒂妲嬸嬸打掃、做功課

未來的志願：職業運動員、偵探

紅色問號：鮑伯．安德魯斯

年齡：十歲

地址：美國岩灘市

我喜歡：聽音樂、看電影、上圖書館、喝可樂

我不喜歡：替瑪蒂妲嬸嬸打掃、蜘蛛

未來的志願：記者、偵探

白色問號：佑斯圖．尤納斯

年齡：十歲

地址：美國岩灘市

我喜歡：吃東西、看書、未解的問題和謎團、破銅爛鐵

我不喜歡：被叫小胖子、替瑪蒂妲嬸嬸打掃

未來的志願：犯罪學家

1

岩瀨市出現恐龍

「佑佑，小心！」彼得大喊。

佑斯圖趕緊低下頭。他們正朝著一具巨大的骷髏衝過去，那具骷髏從一副棺材裡冒出來，正對著他們揮動鐮刀。不過，就在這個緊急關頭，他們搭乘的有軌滑車來了個急轉彎，從那個怪物旁邊駛過。

「嗚——呼——呼！」那具骷髏號叫著。彼得忍不住大笑，說：

「這真是太瘋狂了，這保證是我玩過最棒的鬼屋。」

佑斯圖緊緊抓住車上的橫桿，說：「這具用塑膠仿製的人類殘骸的確很嚇人，不過我很清楚，在遊樂場的鬼屋裡絕對不會碰到真正的鬼怪。」

在他們兩個背後有人發出咯咯的笑聲。「佑佑，你今天說話的方式好像要去參加修辭比賽。」鮑伯．安德魯斯笑嘻嘻的說。他坐在那部滑車的後排座位，是這三個朋友的其中之一。

佑斯圖轉過頭去看著他。「隨便你怎麼說。但就算你想不出更合適的話來表達，你一定也發現了那個拿著鐮刀的骷髏不是真的。這世上根本就沒有鬼，也沒有會說話的骷髏和別種妖怪。」

「即使是這樣，這一趟鬼屋之旅還是很酷。」鮑伯笑著說。

他們抵達了出口。一個裝扮成大猩猩的人走到他們旁邊，拉起安全桿，讓他們從車裡爬出來。

「現在你們想去哪裡呢？」彼得問他的朋友，接著又說：「我想去買棉花糖。」

三個問號看看四周。他們在岩灘市的年度市集上，這個市集搭建在市中心的廣場，主要提供各式各樣以鬼怪為主題的娛樂設施；除了鬼屋之外，還有科學怪人旋轉木馬、恐怖城堡和吸血鬼墓穴。不過，市集上也有一些賣東西和作宣傳的攤位。

鮑伯和佑斯圖點點頭，同意去買棉花糖。他們朝著一部販賣車走過去，一個腳踩高蹺的男子在那裡賣粉紅色的棉花糖。佑斯圖突然停下腳步，指著廣場的另一端說：「那裡怎麼這麼熱鬧？」

一群人在一個攤位前面擠成一團。

「不知道，」彼得一邊瞄著那些棉花糖，一邊說：「我想不會是什麼重要的事。」

「這很難說，」佑斯圖反駁他：「如果有這麼多人聚集在一起，絕對是有特殊情況。我們至少過去看一看吧，反正棉花糖又不會跑掉！」

鮑伯和彼得無奈的嘆了口氣。佑斯圖一旦想做什麼事，就幾乎不可能阻止他。再說，他們這個朋友對於神祕的事情總有驚人的預感。

三個問號朝那群人跑過去。在那個攤位前面，一個瘦得像竹竿的老先生脹紅了臉，想要說服那個賣東西的人。老人手裡拿著一根很大的白骨，不時揮舞著。「你一定要把這根骨頭賣給我，」他大聲的說：「我出五百美元向你買！」

賣東西的人搖搖頭，指著他出售的一排鑽油井模型說：「這根骨頭是我們在鑽探時發現的，是非賣品。您可以買這些鑽油井模型。」

佑斯圖仔細看過去，那個攤位用大大的字寫著「加州石油公司」。

「我不要鑽油井。我要這根骨頭。」那個老先生激動的大喊，接著又喃喃自語：「這是一隻激龍的大腿骨，這是千真萬確的事。」

「一隻什麼？」彼得看著他的兩個朋友。

佑斯圖思索著，一邊捏著他的下脣。「激龍？這個名稱我曾經聽過，只不過，是在哪裡聽過的呢？」

就在這一刻，老先生把那根骨頭高高舉起。「留在原地不要動！」他對著那個賣東西的人大吼：「否則我就把這根骨頭摔碎！」他把骨頭舉在頭上揮舞著，然後一溜煙的跑走了。

眾人驚愕的看著這位老先生跳上一部車，車子立刻開走了。

雷諾斯警探從人群中擠過來，

問道：「這裡出了什麼事？」他是岩灘市重要的執法人員，人很和氣。

警探看見了三個問號，朝他們走過來。雷諾斯警探已經跟這三位小朋友合作過許多次，私底下稱呼他們為他的「特別行動小組」。他問他們：「你們知道剛才發生了什麼事嗎？」

佑斯圖點點頭。「那個老先生從這個攤位偷走了一根骨頭。」

「一根骨頭？」雷諾斯警探訝異的揚起眉毛。

「是啊，」賣東西的人大聲說：「我們在鑽探石油的時候發現了那根骨頭，還有其他的化石，擺在這裡只是想要展示。結果卻發生了這種事！」

「那是根什麼樣的骨頭呢？」雷諾斯警探問。

賣東西的人聳聳肩膀。「就是根骨頭而已，不過很大就是了。」

「真奇怪，」雷諾斯警探喃喃的說，然後又轉身去問三個問號：

「你們有看見車牌號碼嗎？」

鮑伯搖搖頭。「人太多，把車牌遮住了。」

那個賣東西的人說：「警探先生，事情沒那麼嚴重，我只是在這裡替我們的石油公司打打廣告。我們別破壞了這個熱鬧的市集，沒必要小題大作。」

「我可不這麼覺得。」佑斯圖突然開口，他看著雷諾斯警探和那個賣東西的人。「如果那個小偷沒有說錯，那麼，他拿走的是一根恐龍骨頭，是個很有價值的東西。」

「一根恐龍骨頭？」賣東西的人張大了嘴巴。

「沒錯！」佑斯圖回答：「我曾經讀到過『激龍』這個名詞，就在一本關於恐龍的書裡！」

周圍的人群開始竊竊私語，大家都看著佑斯圖和那個賣東西的人，議論紛紛的說：「恐龍？在這裡？在哪裡可以看得到？」

鮑伯和彼得也看著佑斯圖。「恐龍出現在岩灘市？」彼得大喊：「那我們可得去瞧一瞧！」

賣東西的人笑了，他大聲的說：「沒有問題。加州石油公司就在這附近，我是公司主管，我誠懇的邀請各位過幾天來參觀我們的設施！」

2

骨頭也大有學問

「激龍屬於棘龍科，身長八公尺，大約一億年前生活在現今的巴西。」鮑伯唸到這裡時停下來。

三個問號坐在他們的祕密藏身處「咖啡壺」裡。這是一座舊水塔，從前用來替蒸氣火車供水。它位在岩灘市郊外，在一段已經棄置不用的鐵軌旁邊。有根水管從水塔側面伸出來，用來替火車頭加水，因此遠遠望過去，這座水塔的確很像一個咖啡壺。

三個問號把他們從事偵探工作所需要的工具都存放在這裡：一具老舊的顯微鏡、放大鏡、指紋粉，還有一個照相機。除此之外，還有好幾疊漫畫書、好幾罐可樂和一大堆餅乾，都放在伸手可及的地方。

這時候，他們每個人前面都擺著一罐可樂。鮑伯手裡還拿著一本厚書，放在他的腿上，是他從市立圖書館借來的。

「對一隻恐龍來說，如果牠生活在巴西，卻要跑到這裡來，牠可是跑得夠遠了。」彼得說。

佑斯圖點點頭。「牠為什麼會跑到這裡呢？書上有說嗎？」

鮑伯繼續往下唸：「牠的嘴巴長得像鱷魚，有鋒利的細牙，很適合捕魚。不過，牠也吃肉。到目前為止，只發現過這種恐龍的顱

骨。」鮑伯停了下來。「哇，這表示……」

「表示這真的是一個大發現，」彼得替他把話說完。「那間石油公司的人運氣真好。」

佑斯圖看著他們兩個，喝了一口可樂，開始用拇指和食指揉捏他的下唇。

「我爸明天要去那裡採訪。」鮑伯說。他父親是《洛杉磯郵報》的記者，那是洛杉磯的一家大報社。「他說了，如果我們想去，可以跟他一起去。」

「石油公司的人會說：謝謝，不必了。」彼得伸了個懶腰，「他們一定不希望有人在他們的場地上看熱鬧。」

鮑伯搖搖頭。「正好相反，看來他們不想把這件事當作祕密。我爸說，如果他們又挖出更多的骨頭，他們說不定還想辦個展覽呢。」

佑斯圖鬆開下脣，咯咯的笑了。「假如我在院子裡發現一隻恐龍，我也不會把牠藏起來。這可是一個很棒的發現，應該要讓大家看一看。」

彼得想了想，問道：「偷走那根骨頭的老人不知道是什麼人？」

「喔，一定是哪個瘋狂的收藏家。」鮑伯說。

「也許是個收藏家，但是他一點也不瘋狂。」彼得反駁他，「畢竟他一眼就看出來那是什麼東西。」

佑斯圖的眼睛亮起來。「我一直在想，你們什麼時候才會注意到這一點。」他興奮的說：「如果到目前為止，這種骨頭還不曾被發現，那麼，那個老人怎麼會知道這是什麼樣的骨頭？」

鮑伯驚訝的抬起頭。「沒錯，佑佑，他根本不可能知道！」

彼得考慮了一下，然後說：「說不定已經有人發現過這種骨頭，只不過到目前為止還沒有很多人知道？」

「有可能，」佑斯圖承認，「但是可能性不高。我很想知道那個老人是誰。無論如何，明天我一定要跟著去那家石油公司！」

彼得和鮑伯也興奮的點頭。「好主意，佑佑。看看我們能在鑽油井那裡發現什麼線索！」

3

地震

第二天早上，當三個問號隨著鮑伯的父親抵達「加州石油公司」，那塊地方已經聚集了許多人。

「這裡真熱鬧，」彼得興奮的說：「這一切都是為了那根骨頭嗎？」

「看看這個地方，」鮑伯指著高聳的土堆和地上的深洞。「看起來，這家石油公司已經挖遍這塊地了。」

佑斯圖也仔細觀察這個地方。好幾座鑽油井發出銀光，高高的伸向天空。後方有一整片巨大的抽油裝置，可是沒有一具機器在運作。鮑伯的父親跟入口處一個穿制服的男子說了幾句話，沒多久，另一個男子就從一間辦公室裡走出來。他就是昨天在市集攤位上的那個人。

「安德魯斯先生？」他問，隨後跟鮑伯的父親握了手。「我叫約翰·齊特，」他指著眼前那塊地說：「這裡就是我們的王國。」

「為什麼這裡的機器全都靜止不動？」佑斯圖問。

齊特先生微笑著說：「目前我們只想著發現恐龍骨頭這件驚人的事，所以暫時停止工作。」

他轉身去對安德魯斯先生說：「來吧，照這情況來看，我們找到的第一根骨頭只不過是一個開端。」

鮑伯看著他的朋友，低聲的說：「事情愈來愈有趣了。」

三個問號興奮的跟在鮑伯的父親和齊特先生後面。在一塊被圍起來的地方，好幾個人正在用鏟子把土挖走。齊特先生得意的向他們介紹挖掘場。「看起來，我們挖到了一座真正的恐龍墳場。」

安德魯斯先生停下腳步。「一座恐龍墳場？」

「沒錯，」齊特先生說：「一個小時之前，我們挖出一具翼龍的骸骨。」

「在哪裡？我們可以看一下嗎？」彼得大喊，說完就想向前衝。

「等一下！」齊特先生抓住彼得的衣袖。「誰都不准私自到挖掘場。你會妨礙在那裡進行的科學工作！」

安德魯斯先生掏出筆記本。「所以說，已經有科學家在這裡工作了？」

齊特先生露出微笑。「從今天早上開始。」他向一個身穿白袍、瘦得像竹竿的老先生招手。

「他不就是昨天偷走那根骨頭的小偷嗎？」鮑伯吃驚的說。

「不是小偷，」齊特先生糾正他，「這是賀伯特教授，舉世聞名的恐龍專家。教授他昨天興奮過度，所以有點失控。不過，今天早上他到我們這裡來，歸還了那根骨頭。我們講好了，讓他來指揮這裡的挖掘工作。」

佑斯圖驚訝的看著鮑伯和彼得，輕聲嘀咕：「這麼快就講好了，真是不尋常。」

賀伯特教授已經走到他們身邊，興奮的揮手。他拿出一塊石頭給他們看，石頭裡有一塊巨大的骨頭。教授露出高興的表情說：「親愛的齊特先生！我作夢也想不到能見到這麼一大批化石！這是一隻翼龍的下頷，說不定是隻無齒翼龍——一隻沒有牙齒的翼龍。對於研究古生物學的人來說，這個地方真像個寶庫。」

「沒有牙齒的翼龍？」彼得害怕的看著那位教授。「這種恐龍為什麼叫這個名字？」

「無齒翼龍沒有牙齒，」賀伯特教授回答：「牠會把獵物整個吞下去！」

彼得嚇壞了，看著他的兩個朋友。齊特先生露出微笑。「安德魯斯先生，如果您想跟教授談一談的話，儘管開始吧！」

鮑伯的父親點點頭。「究竟什麼是恐龍墳場？」教授鄭重其事的點點頭。「事情是這樣的，」他張開了雙臂，「恐龍墳場就是——」

在這一瞬間，地面猛然晃了一下，地表開始震動。

「地震！」彼得大喊。

鮑伯指著那些劇烈搖晃的抽油裝置和鑽油機械，驚慌的說：「希望這些東西不會砸在我們頭上！」

「別擔心！」齊特先生要他們放心。「我們的機器牢牢的固定在地上，絕對安全。不會有事的。」

然而，就在這時候，挖掘場的工人發出驚呼聲。

「你們看那邊！」教授喘著氣大喊。

在三個問號面前，一大片土地隆起，好像有一個巨大的地洞就要裂開。溫熱的空氣朝三個問號撲過來，然後震動忽然平息了，就跟震動開始時一樣突然。

一個工人上氣不接下氣的跑過來，結結巴巴的說：「教授，那裡出現了一個洞穴。洞裡有個東西，您看了一定會大吃一驚！」

4

原始洞穴

「來吧，」瘦削的教授向齊特先生和鮑伯的父親喊：「如果發現了什麼東西，應該要讓媒體在場。」說完他就急忙往前走。三個問號也跟在他後面。

他們小心的爬上一個大土堆，然後全像是被釘在地上一樣的站住了。在他們面前是一個巨大洞穴的入口，裡面有一具恐龍骸骨從一片岩壁上突出來，牠嘴裡還含著另一具骸骨的一部分。

「真有這種事！」鮑伯目瞪口呆，朝著洞穴入口走近一步。

「小心！」彼得提醒他，「在確定這個洞穴是安全的之前，我們不該進去。說不定這個洞穴會再度崩塌，就跟它冒出來時一樣突然！」

可是佑斯圖已經跑向前去，往黑暗的洞口看進去，並困惑的揉著他的下唇。

「太棒了！」教授喊道：「看起來這隻恐龍意外死亡的時候正在進食。噢，天哪，這實在太驚人了！這是座真正的恐龍墳場。」

「可是到底什麼是恐龍墳場呢？」佑斯圖問：「難道恐龍在快死的時候會主動前往某個地方嗎？」

教授目光炯炯的看著他。「你的意思是，就像大象一樣？不，所謂的恐龍墳場指的是一個有許多恐龍聚集的地方，當時牠們由於某個特定事件而喪命。例如被隕石擊中，或是碰到火山爆發。我們必須要立刻調查這個原始洞穴！安德魯斯先生，請跟我來，您應該要照幾張相。」教授拉著鮑伯父親的衣袖，拖著他走。

佑斯圖睜大了眼睛看著教授的背影。「關於恐龍被隕石擊中的事，我當然也聽說過，」他對鮑伯和彼得說：「可是石油公司在開始鑽探之前，為什麼沒有發現這座洞穴呢？這麼大的一個空穴，他們不可能沒有發現啊！」

齊特先生看著佑斯圖說：「我們當然知道這個地方有一些洞穴。可是這些洞穴塞滿泥漿和石油，剛才那場地震似乎讓這堆物質移動

了。不過，看來我們現在發現了更有價值的東西！」他開心的笑了，跟在教授後面走進洞穴。

這時候，那些工人拿來了燈具和繩索。在那具叼著獵物的恐龍骸骨後面，有一條走道通往洞穴更深處。賀伯特教授不停的對鮑伯的父親說話，向他說明：「這種有許多恐龍聚集的地方，其實不像一般人以為的那麼罕見。」

教授指著洞穴邊緣一條深深的壕溝說：「您看一下，這裡似乎曾經有一條河流過，把骸骨保存下來的泥漿很可能流進地底深處。這整件事真的很幸運，是真正的大自然奇蹟。」

鮑伯的父親沒有說話，只是把他所聽到的寫下來。教授繼續往洞穴裡面走，一邊說：「您看看，這裡還有一些骨頭。」三個問號走到教授旁邊。果然，地面鋪滿了幾百根骨頭和殘骸。突然，彼得停下腳步。

彼得皺起眉頭，說：「是什麼東西這麼臭？」鮑伯和佑斯圖也皺起鼻子。這個大洞穴裡瀰漫著一股噁心的氣味。

「噁，」鮑伯大聲說：「這一定是從那些泥漿裡冒出來的。臭死了！」

彼得哀嚎了一聲。「天啊，真倒楣！我踩到了什麼軟軟的東西。」一個工人提著燈照亮了地面。他們看見的東西讓佑斯圖和鮑伯目瞪口呆。

彼得踩在一大團棕色的東西上，他也吃驚的向下看。「這是什麼？」賀伯特教授走到彼得旁邊，蹲下來，然後喊道：「冷靜一點！不要動！千萬不要毀掉我們發現的這個東西。」

教授揉揉眼睛，說：「雖然我知道這是不可能的，但這看起來真像是一大團恐龍糞便。」

「什麼？」彼得尖叫。「不可能，這東西一定保存不了這麼久。」

教授點點頭，小心的刮了一點樣品下來。「沒錯，」他轉身對彼得說：「它當然保存不了這麼久。所以我們要問的是：如果這糞便沒有六千五百萬年那麼古老，那這個洞穴會通往何處？裡面又藏著什麼？」

5

三角龍

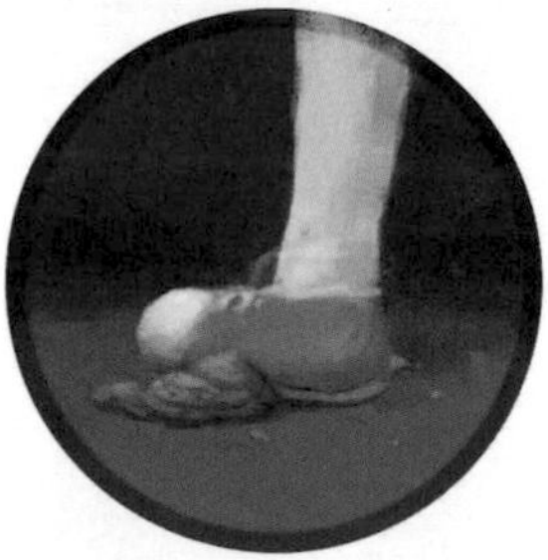

安德魯斯先生不敢置信的看著教授。「您的意思是，有一隻恐龍可能在這裡活了下來？」

教授微微一笑。「奇蹟總是會一再發生。我們不是常常聽說有原住民部族在與世隔絕的地方生存下來嗎？那麼，在一個隱密的原始洞穴裡，為什麼不能有生命繼續存活呢？」

「可是一隻動物得要吃東西，」鮑伯大聲說：「牠需要水和其他動物。」

教授緩緩的點頭。「其實我跟你們一樣驚訝。這座洞穴似乎藏著我們意想不到的祕密！」

佑斯圖看著教授，一邊捏著下唇，一邊思索。

「我覺得這一切非常不可思議，」安德魯斯先生說：「不過，我只會針對我能夠證明的事來報導。」

瘦削的教授露出微笑。「這是您的權利，」他說，同時又站了起來，對彼得說：「好了，小朋友，現在你可以移動了，我已經替這塊地方做好防護措施。」

彼得急忙往旁邊走了一大步。佑斯圖看看他朋友的鞋子，然後把手指壓在嘴脣上，示意彼得不要出聲，接著他蹲下來在彼得的鞋子旁邊忙了一會兒。

齊特先生大大稱讚了鮑伯的父親。「您的態度十分正確！我也不相信會有活恐龍。哪怕這會是世界歷史上最驚人的消息。」

「可是如果真有這種事呢？」彼得望進洞穴裡。「這裡的確可能有個東西，只是從來沒有被人發現。」

佑斯圖聳聳肩膀，趁著沒人注意的時候，把手伸進口袋。「再看看囉。」

教授把工作人員喊過來，下達命令：「我們要準備好探勘的裝備，進入這個洞穴更深的地方。」

突然，一陣暖風從洞穴裡吹過來，像是在回答教授所說的話。

「這是什麼味道？」鮑伯用鼻子嗅著，「你們也聞到了嗎？」

「聞到了，有點像動物園的味道。」彼得不由自主的縮起身子。「我開始覺得這裡很陰森。不管等一下會發生什麼事，我都不想看見。」

佑斯圖凝視著洞口的那片黑暗，然後小聲的對彼得說：「只怕你不想看見也不行了。」

彼得隨著佑斯圖的目光望過去。一個巨大的身影從一條黑暗的走道緩緩走出來，踩著重重的腳步朝他們接近，然後在手電筒的照射下停了下來。

那隻巨大的動物看起來像隻長得太大的犀牛，只是額頭上有兩根巨大的彎角，嘴巴上方還有第三根比較小的角。牠張開了嘴巴，一陣惱怒的吼聲在洞穴裡迴盪。

「一隻三角龍，」賀伯特教授屏住了呼吸，然後慢慢向後退，凝視著這隻龐大的動物。「不要怕，這是隻食草動物。」

三個問號和安德魯斯先生不知所措的看著這隻恐龍。鮑伯的父親隨即冷靜的舉起相機。

「別拍照！」教授喊道，攔下安德魯斯先生的手臂。「閃光燈可能會嚇到牠。三角龍雖然不吃肉，但是自衛的能力卻很強。」他看著鮑伯的父親和三個問號。「很抱歉，現在我必須請各位離開這座洞穴。遇見一隻活恐龍，對科學家來說是個千載難逢的機會，必須按照科學步驟處理。頭幾個步驟得由我單獨進行。」

賀伯特教授露出希望對方諒解的微笑，招手請齊特先生過來，把三個問號和安德魯斯先生帶出洞穴。

「希望不久之後還有機會再見到各位。」齊特先生向他們匆匆道別，隨即又大步走回洞穴。

鮑伯埋怨著：「噢，事情才正要變得有趣，偏偏這個時候要我們離開。」

彼得聳聳肩膀。「老實說，對我來說這已經夠了。如果這一切是真的……那麼我今天晚上保證會做奇怪的夢。」

「我也一樣，」佑斯圖說：「雖然我並不確定會做什麼夢。」

在石油公司的大門口，興奮的人群正等待著三個問號和鮑伯的父親，向他們提出各式各樣的問題。一名記者用力抓住彼得的肩膀。

「嘿，小朋友，那裡面真的有恐龍骸骨嗎？」

「是啊，」彼得點點頭說：「看起來像是這樣。」

幾盞聚光燈投射在彼得身上。「有傳言說你們也遇到了一隻活生生的動物。」那名記者急忙追問。

「喔，裡面是有個東西。」彼得用求助的眼神看著鮑伯和佑斯圖。

「我們並不知道我們看見的究竟是什麼。」佑斯圖大聲說。

「所以說，你們的確看到了東西！」那名記者轉向佑斯圖，把麥克風伸到他面前。「從洞穴裡傳出來的是什麼吼聲？是隻恐龍嗎？」

「是個看起來像是恐龍的東西。」佑斯圖謹慎的回答。

那名記者睜大了眼睛，然後轉身面對攝影機。「岩灘市出現了恐龍？」他用尖銳的嗓音大聲說：「在這座濱海小城附近的一座洞穴裡，有可能隱藏著六千五百萬年來最不可思議的祕密嗎？」

鮑伯的父親把三個問號拉到一邊。他搔搔自己的腦袋，看起來很尷尬。「我不想說電視圈同行的壞話。不過，我們還是趕緊離開這裡吧。反正他們只會扭曲你們所說的話。不管你們說什麼，電視臺的人現在只想靠著恐龍的故事來賺錢。」

「安德魯斯先生，您對這件事有什麼看法呢？」佑斯圖問。

「佑斯圖，我不知道。這件事實在太不可思議了。可是另一方面，我們的確看見了那些骸骨，還有那隻動物。也別忘了還有那堆糞便。這一切看起來的確很真實。」

「您會針對這件事寫一篇報導嗎？」佑斯圖追問。

鮑伯的父親冷靜的回答：「我會寫一篇文章報導我們所經歷的事，而且我在敘述時會非常謹慎。不過，我很確定，這件事在一個小時之後就會被小題大作，出現在電視上。」

佑斯圖點點頭。「所以說，您就跟我一樣，對於在這裡發生的一切抱持懷疑的態度。」

鮑伯的父親看著三個問號。「是的。我在想，該如何解釋這整件事？如果那是真的恐龍，那麼這的確是件震驚世界的消息……」

「要不然，」佑斯圖替他把話講完，「這就是場大騙局。如果是這樣，我們要問的就是：這整件事是為了什麼？」

6

恐龍公園

鮑伯的父親說得沒錯。

在接下來的幾個鐘頭裡，這則新聞就像野火一樣在各個電視臺蔓延。

「他們用大片鐵絲網把那個洞穴圍起來了。」彼得說。他在傍晚和鮑伯一起抵達了佑斯圖叔叔經營的舊貨回收場。

「你們聽說了嗎？」鮑伯興奮的說：「據說在那個洞穴裡藏著一

個地下世界。賀伯特教授宣稱，可能有一群恐龍活了下來。在電視上，他們已經把那個洞穴叫做『恐龍公園』了。」

佑斯圖點點頭。「那個教授很懂得在攝影機前面吹噓。先前他還說『《洛杉磯郵報》對於這些稀有的發現大概沒有什麼興趣』。」

「真是個小心眼的傢伙，」鮑伯嘆了口氣說：「只因為我爸沒有把他說的那些話全寫出來。」

佑斯圖看著他的朋友。「他們這麼急著把他們發現的東西公諸於世，讓我愈來愈懷疑這件事背後有點問題。」

就在這時候，一個聲音喊道：「佑斯圖，看來你跟你朋友現在沒事做。你們願意來幫幫我的忙嗎？」

瑪蒂妲孀孀站在家門前的迴廊上，向他們三個招手。「你叔叔不知道為什麼買了好幾個背包型噴灑器。可以麻煩你們把它們洗乾淨，放在販售桌上嗎？如果不洗乾淨，我擔心再過幾年也賣不出去。」

「背包型噴灑器？」彼得問，「那是什麼東西？」

瑪蒂妲孀孀指著幾個長方形的罐子，裡面裝著五顏六色的液體。這些罐子可以用皮帶背在背上，罐子上接著長長的管子，前端有噴嘴。她說：「別擔心，裡面裝的不是殺蟲劑之類的東西，只是顏料而已。這些噴灑器本來屬於一個畫家，是他拿來作畫用的。可想而知，他靠著畫畫沒賺什麼錢。」

鮑伯和彼得露出笑容，朝著那些罐子跑過去。佑斯圖看著他孀孀說：「我們應該暫時把那些顏料留在罐子裡。說不定有誰會剛好對它們感興趣。」

「誰呢？佑斯圖？」瑪蒂妲嬸嬸皺起了眉頭。

「這個嘛，誰也不知道，」佑斯圖回答，「我只不過是有個預感。」

他嬸嬸嘆了口氣。她很了解佑斯圖，知道他的預感往往是正確的。「好吧，那麼至少把

它們擺放得引人注目一點。等你們忙完，你們每個人都可以來跟我要一塊櫻桃蛋糕。」說完，她就回屋裡去了。

三個問號動手把那些噴灑器放上舊貨回收場大門旁邊的販售桌，桌子上方搭了頂棚。

「佑斯圖，你就承認吧，你只不過是不想把那些顏料洗掉，對不對？」鮑伯笑著說，「誰會想要買這種東西？」

佑斯圖搖搖頭說：「我覺得這些噴灑器看起來真的很有用。我們等著瞧吧。」然後他突然從口袋裡掏出一個透明的塑膠袋。

「不過，我想跟你們碰面是有別的原因。我這裡有一點那個教授宣稱是恐龍糞便的東西。彼得，就是你踩到的那個東西。我提議我們把它送去檢查一下，看看是不是真的。」

彼得皺起眉頭。「我們怎麼可能弄清楚這是不是從一隻恐龍身上來的？這根本辦不到嘛。」

「誰說辦不到，」佑斯圖反駁他，「如果真的有一個恐龍洞穴能保存下來，那麼牠們所吃的植物一定也一起被保存。從這些糞便中應該可以檢驗得出來。」

「佑佑，」鮑伯說：「這種事要科學家才查得出來，我們做不到的！」

佑斯圖微微一笑。「你說得沒錯。不過，幸好我找到了一個在洛杉磯自然科學博物館工作的人，他名叫保羅・史托克，專門研究這種問題。他邀請我們明天過去，你們想不想一起去呢？」

「當然想！」鮑伯和彼得異口同聲的說。這時候，他們已經把那幾個噴灑顏料的罐子整整齊齊的排放在販售桌上。

「我實在想像不出誰會用得到這種東西。」彼得說。

佑斯圖看著他，神祕兮兮的回答：「我說過了，我們等著瞧。」

然後三個問號跑進瑪蒂妲嬸嬸的屋裡，每個人都吃了一大塊櫻桃蛋糕。

7 史托克博士的驚人之語

「所以說，你們三個來自岩灘市？」保羅．史托克仔細看了看三個問號，之後才請他們進入他在「洛杉磯自然科學博物館」的辦公室。辦公室裡堆著恐龍模型和植物化石，高高的架子上擺放著骨頭和動物化石。他問：「你們在那個洞穴裡究竟看見了什麼呢？」

「我們的確看見了電視上報導的東西，」佑斯圖向他說明，「可是我們不知道那是不是真的。」

保羅．史托克說：「我研究恐龍已經有很多年了，而我並不相信奇蹟。可是，你們知道嗎？親眼看見一隻活生生的恐龍，這是每一個科學家的夢想。」他指著牆上那張暴龍的圖片。「想要發現還沒有被研究過的東西，至少必須把看似不可能的事納入考量，這一點很重要。許多科學發明或是科學知識就是靠著有一個人大膽的去想從前沒有人敢去想的事。最早被發現的恐龍骨頭起初也被認為是一個巨人的骨頭。」

他目光炯炯的看著三個問號。「你們不是說，你們有一點那隻恐龍的糞便嗎？說你們想送來檢查一下？」

佑斯圖掏出那個塑膠袋。「對，彼得就是踩到了這個東西。」

史托克博士接過塑膠袋，仔細看著裡面的東西。「我馬上就來檢查。通常我們檢查的這種是coprolite，也就是恐龍糞便的化石。大多數的人發現這些化石的時候都認不出來。」

「天哪，這些名詞還真是複雜。」彼得說，「如果我一整天都得把這些字眼掛在嘴邊，我的舌頭一定會打結。」

史托克博士露出包容的笑容。「讓我偷偷告訴你一件事。如果你在一場派對上告訴別人你在研究coprolite，大家都會佩服得不得了。可是如果你說你在研究恐龍糞便，就不會再有人跟你握手。」

鮑伯點點頭表示理解。「老實說，當佑斯圖把那個東西採集起來的時候，我們也有點搞不懂他。」

史托克博士讚許的說：「你們的朋友做得對。」他把佑斯圖拿來的東西放在一具顯微鏡下，仔細的檢查。「大多數的恐龍都是食草動物，這些植物含有許多纖維，很難消化，因此在嘴巴裡就必須先細細嚼爛。那邊的架子上有幾顆恐龍牙齒。」他指著自己的背後。

三個問號看見許多顆形狀不同的大牙齒。在這些牙齒旁邊還有幾塊石頭。鮑伯問：「您這裡為什麼會有這些石頭呢？」

「這是恐龍胃裡的石頭，」史托克博士解釋，「恐龍把這些石頭吞下去，讓這些石頭在胃裡滾動，把那些食物再進一步磨碎。你們想像一下，假如我們也得吞石頭到胃裡……」他咯咯的笑了，然後他突然安靜下來。

「這真是不可思議，」他喃喃自語，抬起頭看著三個問號。「小朋友，我得要大大的感謝你們。」

三個問號屏住了呼吸。「為什麼？」佑斯圖小聲的問。

「因為這個東西顯然是真正的恐龍糞便。」史托克肅然起敬，說：「所有的成分都符合我們對於當時的植物世界所具有的認知。」

佑斯圖看著史托克博士，開始揉自己的下唇。「您的意思是說，這不是偽造的。」

「保證不是。」史托克博士呼吸沉重，「看來，你們見證了科學研究最偉大的一刻。是的，似乎真有幾隻恐龍在那個洞穴裡存活下來。」

史托克博士從座位上一躍而起。「我要馬上打電話給這位賀伯特教授，請他讓我加入他的團隊。這是個難得的機會。在那個洞穴裡想必存在著一個不為人知的世界。」他指著恐龍糞便說：「我可以把這個留下來做研究嗎？」

佑斯圖失望的點點頭。「當然可以，如果您想留著的話。您完全確定這是真的嗎？」

「是的，小朋友！」史托克博士點點頭。「不管你們原本想要證明什麼，這東西不是偽造的。」

「可是這怎麼可能呢？」佑斯圖反駁他，「幾千萬年都生活在一個洞穴裡？這麼大的動物在那裡不可能生存！」

史托克博士露出不耐煩的表情。「聽我說，如果你們想參觀一下這座博物館，我可以邀請你們免費參觀。也許這會讓你們心裡舒服一點，不再為了自己誤以為這是場騙局而難過。」

他給了三個問號每人一個胸章，上面畫著一隻恐龍。「戴著這個胸章，你們可以免費到處參觀。別難過，你們替科學界做了難以估計的貢獻！」他分別跟佑斯圖、鮑伯和彼得握了手，向他們道別。

三個問號默默無言的離開了他的辦公室。

8

在博物館的發現

站在門外走廊，佑斯圖不知所措的看著他的朋友，一會兒之後，他說：「我本來很確定這是一場騙局。」

「那就是你弄錯了，」彼得回答：「我們必須承認，我們的確目睹了一件驚人的事。這也很棒啊。」

儘管如此，佑斯圖還是悶悶不樂的揉著他的下唇。

「讓我們至少去參觀一下這座博物館。」鮑伯提議，「既然我們是

少數幾個曾經看過活恐龍的人，我們至少也該想辦法多知道一些關於牠們的事。」

「『好像』看過活恐龍的人。」佑斯圖堅持。

三個問號把胸章別在衣服上，走進博物館的展覽廳。

在一個大廳的中央展示著一具巨大的恐龍骸骨，四周擺放著玻璃展示櫃和陳列櫃。

佑斯圖慢慢的繞著那具恐龍骸骨走，接著走到一個大櫥窗前面，櫥窗裡展示的是原始時代的恐龍生活。突然他「啊」了一聲，轉身面向鮑伯和彼得，小聲的說：「這個櫥窗展示的東西真有趣。不過，在你們去看之前，我要先問你們一個問題：在這個世界上，是先有雞呢，還是先有蛋？」

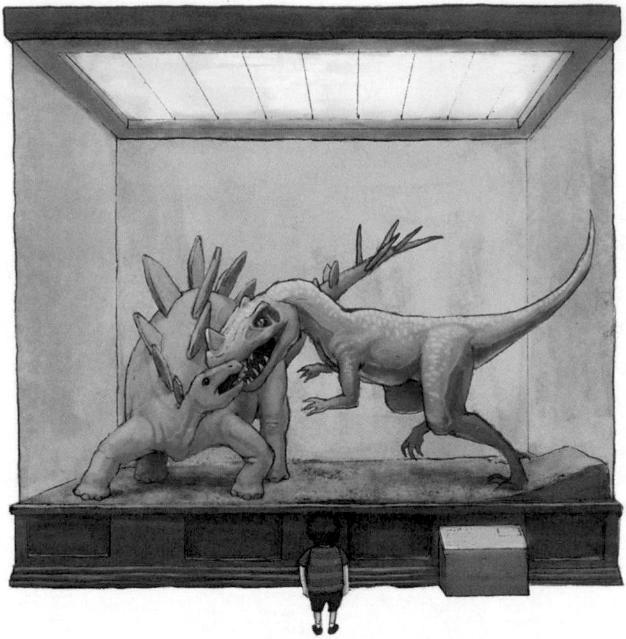

「嗄？」彼得呆呆的看著佑斯圖，彷彿以為他神智不清了。

佑斯圖咧開嘴笑了。「好吧，我換個問法。通常我們是先在大自然裡發現了某樣東西，然後才在博物館裡展出，對吧？」鮑伯和彼得點點頭。

佑斯圖露出滿意的微笑。「這表示，事情不會是倒過來的。不會是有人先在博物館裡發現了什麼，然後才在大自然中展出。我說得對不對？」

「噢，佑佑，當然不會。那也未免太蠢了。」彼得回答。

佑斯圖仍然不為所動。「好吧，現在你們來看看這個。」他指著那個展示櫥窗。

彼得和鮑伯走到他身邊，在櫥窗裡，一隻恐龍用嘴咬住了另一隻恐龍。

鮑伯聳聳肩膀。「這有哪裡奇怪了？這裡的說明寫的是這是一隻角鼻龍，身長最長可達六公尺，屬於大型食肉恐龍。這種恐龍大概是成群捕食的。這裡的模擬情景是牠正在吞食一隻劍龍。」

可是彼得搖搖頭，出神的凝視著這個展示櫥窗。「等一下，鮑伯。我想我知道佑佑是什麼意思——這情景就跟洞穴裡的景象看起來一模一樣。」

佑斯圖一臉高興。「我就是這個意思。這個模型保證不是昨天才在博物館裡製作出來的，一定是很久很久以前就做好的。那麼，洞穴裡的恐龍骸骨怎麼可能剛好跟這展示品擺放得一模一樣呢？」

現在鮑伯也明白了。「沒錯！」他說：「只不過，這裡的恐龍不是只有骨頭，而是有整個身體。」

佑斯圖吐了一口氣。「這正是我的意思。這不是很奇怪嗎？」然後他又說：「所以說，很可能是有人模仿這個情景，在洞穴裡造出同樣的場景。」

「可是，那個恐龍糞便如果是真的呢？」鮑伯提出疑問。

佑斯圖皺起了眉頭。「如果在洞穴裡的那些骸骨跟這座博物館裡的模型一樣——」他吸了一口氣，「那麼，博物館人員和洞穴裡那批人之間很可能有某種關聯。如果事情真是這樣，那麼史托克博士和賀伯特教授說不定——」

彼得忍不住問佑斯圖：「你的意思是說，他們是一夥的？」

佑斯圖猛點頭。「我們可能碰上了一樁學術詐騙事件。」

「如果洞穴裡那些骨頭是真的呢？」鮑伯還有疑問。

「那些骨頭的確有可能是真的，」佑斯圖的表情很神祕。他看著大廳中央那具巨大的恐龍骸骨說：「可是這並不表示那隻恐龍也是真的。」佑斯圖指指周圍的玻璃櫃。「這裡有這麼多骨頭，說不定就連我們都能拼出一隻恐龍來。」

鮑伯嚥了一口口水，說：「這是個很聰明的主意。」可是他隨即又搖搖頭。「儘管如此，用這些骨頭可拼不出一隻會動、會吃、會吼的恐龍啊！」

「沒錯，」佑斯圖表示同意，「我也還不知道這是怎麼回事。」

「我們走吧，」彼得說，「周圍有這麼多骨頭，我開始覺得有點恐怖。」

三個問號離開了博物館。當他們走出去，一輛汽車停在博物館前面，一個瘦得像竹竿的身影從車上下來。

「那不是賀伯特教授嗎？」鮑伯說。

就在這一瞬間，賀伯特的目光落在三個問號身上。「所以說，你們偷了我的恐龍糞便。」他凶巴巴的說：「我不記得曾經准許你們偷拿科學發掘物，還拿去交給陌生人。我本來應該要去檢舉你們，但這一次我就姑且饒了你們。」

瘦削的教授露出微笑。「幸好史托克博士立刻打電話給我，表示願意跟我合作。我只希望，你們三個現在別再惹事，讓我們這些正派的科學家好好做我們的工作。」

他用銳利的目光看著這三個男孩，然後從他們身旁大步走過，走進了博物館。

「我們又幸運的躲過一次麻煩。」彼得小聲的說。

佑斯圖搖搖頭。「史托克博士明明剛剛才要打電話給這位教授，你們不覺得他來得還真快嗎？先前教授才從齊特先生那裡偷走了那根骨頭，第二天馬上就接下了挖掘的工作，這個速度也快得驚人。你們知道我是怎麼想的嗎？有人想要大大的捉弄我們。」

鮑伯咧開嘴笑了。「拿一隻恐龍來捉弄我們。」

佑斯圖的情緒突然好轉，他說：「沒錯，而且我很有把握，我們將會有一些驚人的發現。」

9

夜襲

等到三個問號再回到岩灘市，天色已經暗了。在去博物館之前，他們把腳踏車停在市場廣場上、波特先生的小店旁邊，現在他們又騎上腳踏車。

「可惜，年度市集已經結束了。」鮑伯說：「如果現在能去吸血鬼城堡裡轉一圈，那就太棒了！」

「這是個沒有吸血鬼的傍晚，我們也只好接受啦。」佑斯圖回答。

於是三個問號騎車回家，不久之後，他們在岩灘市邊緣的一個十字路口停了下來。在他們背後，有些屋子已經亮起了燈光。從這裡，佑斯圖得要獨自騎往舊貨回收場的方向。

「我們明天一早再碰面，把事情弄清楚。」佑斯圖提議，「在那之前，我們還需要一些關於加州石油公司的資料。鮑伯，這件事最好由你來做。」

鮑伯點點頭。在網路上或是圖書館裡找資料，這是鮑伯最擅長的事。佑斯圖曾經說過：「鮑伯就跟蜜蜂一樣勤勞，而且他會緊緊抓住一個線索不放，就像鱷魚緊咬住獵物一樣。」

「你想知道關於那間石油公司的什麼事？」彼得問。

佑斯圖聳聳肩膀。「我還不知道。可是如果這是樁騙局，那麼背後就一定有個動機。」他看著他的兩個朋友，「而且看起來，這些騙子投入很多的時間和金錢在他們的計畫上。」佑斯圖微微一笑，說：「只不過，他們沒有想到會碰到我們。」

月亮在山巒背後升起，把天空染成了白色。

「我們在外面跑了一整天了，」鮑伯說：「該回家了，否則我爸媽會擔心，而且他們一定會不高興。再說，我還要上網查資料。」

佑斯圖點點頭。「好，那就明天見囉！」說完他突然沉默下來，凝視著山巒的方向。

「鮑伯，彼得，」他輕聲說：「你們不要動。可是你們看一下，從那裡飛過來的是什麼東西？」

他們兩個小心的轉過頭，就在月亮正前方，有一隻巨大的生物飛過來。牠的翅膀很寬，頭是長長的三角形。接著三個問號聽見一聲尖銳的鳴叫。

彼得打了個寒顫。「那是什麼？」他小聲的問：「我從來沒見過這麼大的鳥！」

「這不是鳥，」鮑伯低聲說，他不由自主的縮起身子，「牠直接朝我們飛過來了。不知道牠看不看得見我們？」

「我希望牠看不見我們，」彼得看著那隻奇怪的動物飛過來，然後小聲的說：「鮑伯，你該不會以為那是一隻恐龍吧？如果是這樣，那我絕對不想跟牠碰面。」

那個生物彷彿聽見了彼得的話，飛得更靠近了。牠幾乎沒有揮動翅膀，似乎只是在天空滑翔，尖尖的頭部朝不同的方向伸縮。

佑斯圖嚥了一口口水。「這東西看起來的確像是一隻翼龍。」

在月光下，三個問號看到那個生物把頭部朝著他們的方向轉過來。

「牠在尋找什麼，」彼得輕聲說：「我怕牠是在找東西吃！」

「可是我們對牠來說太大了，」佑斯圖回答：「就算這東西真是隻恐龍，牠也絕對不會攻擊我們。而且我認為牠根本不可能是隻恐龍。」

然而，這一次，三個問號的領袖弄錯了。那隻翼龍突然從高空俯衝而下，這會兒再也無法否認，牠是對準三個問號而來。

「快走！」彼得大喊：「這個畜生要攻擊我們！」他跳上了腳踏車。

「不，」鮑伯大聲說：「牠的速度太快了。騎在腳踏車上，我們會被牠追上的。」

那隻翼龍又發出一聲尖銳高亢的叫聲。

鮑伯看看四周。「我們得要躲起來。」

「可是要躲到哪裡去呢？」彼得大吼，他絕望的看著他的兩個朋友。「這裡什麼也沒有！」

佑斯圖看著那隻愈來愈大的翼龍，彷彿看得入迷。那隻動物有張長長的嘴巴，像鳥喙一樣，牠一再的把嘴巴張開。此刻佑斯圖又捏起他的下唇，彷彿沒有更好的事可做。

「佑佑，別再捏嘴唇了！現在我們該怎麼辦？」彼得絕望的大喊。

佑斯圖吃驚的搖搖頭，像是終於從沉思中清醒過來。「蹲下來！」他向他的兩個朋友大喊：「把腳踏車舉在頭上。」

佑斯圖抓起他自己的腳踏車，像舉盾牌似的舉在頭上。一旁的彼得和鮑伯也照做。

接著他們頭頂上風聲簌簌，那隻巨大的恐龍像一大片陰影籠罩在三個問號上方，牠身上散發出一股可怕的臭味。

「佑佑，小心！」鮑伯大喊：「牠朝著你衝過去了。」

佑斯圖果然看見那隻動物如鈕釦般的紅眼睛朝他這個方向凝視，接著那隻恐龍就到了他上方。牠尖尖的嘴巴劃破了佑斯圖鼻子前方的空氣。佑斯圖盡可能的把腳踏車高舉在自己的頭頂上。

那隻恐龍發出一聲刺耳的叫聲。「滾開！」佑斯圖大吼。眼看那隻原始生物就要抓住他，把他帶走。佑斯圖閉上了眼睛。

佑斯圖感覺到因翅膀振動揚起的風在他頭上吹動，有個東西碰觸到他的胸膛。佑斯圖一動也不動的緊緊抓著他的腳踏車。然而，他並沒有被抓住，被帶走，反而感覺到周圍突然安靜下來。他慢慢的睜開眼睛。

彼得和鮑伯站了起來，目送著那隻恐龍消失在夜空中。

「有那麼一剎那，我真的以為我就快沒命了。」佑斯圖驚慌的說。他的兩個朋友點點頭。

「牠是朝著你衝下來，可是在最後一刻，牠掉了頭，就這樣飛走了。」鮑伯疑惑的看著那隻恐龍消失的方向。「剛才實在太可怕了。」

彼得呻吟了一聲。「這怎麼可能呢？」他問：「牠怎麼可能從那個洞穴裡飛出來？他們明明用鐵絲網把洞穴圍住了！」

佑斯圖深深的吸了一口氣，說：「這一點我們一定要查清楚。」

彼得看著他。「我們差點就被那隻畜生吃掉了！我們一定要立刻通知雷諾斯警探，並且警告岩灘市的市民！」

佑斯圖搖搖頭。「如果我們這麼做，這裡馬上就會一片混亂，大家都會恐慌。不知道為什麼，我覺得好像是有人故意要引起恐慌。」

「可是，佑佑，」鮑伯疑惑的說：「我們明明看見那隻恐龍在那裡飛！」

「沒錯，」佑斯圖承認，「看起來的確像是我們遭到一隻翼龍的攻擊。可是，這只是讓我們已經找到線索的那個祕密變得更加神祕。」

彼得和鮑伯無奈的看著他們的朋友，然後點點頭。鮑伯說：「好吧！你有什麼建議呢？」

佑斯圖露出笑容。「當然是去跟蹤牠囉！我們去追捕恐龍！」

彼得嚇了一跳。「你要去跟蹤那隻恐龍？」

「對啊，」佑斯圖回答，「如果我沒有看錯，牠是朝著那個洞穴的方向飛過去。」

「這還用說！牠大概也是從那裡飛出來的，」彼得激動的大喊：「你該不會想要到洞裡去吧？」

鮑伯把手放在彼得的肩膀上，安撫他：「佑斯圖的點子很好，誰會想到有人會去追蹤一隻才剛剛攻擊過他的恐龍呢？」

彼得氣呼呼的說：「當然沒有人想得到，這樣做根本就是瘋了。」

「那我們就走吧，」佑斯圖興奮的喊道，「讓我們去做沒有人料想得到的事！」

但彼得又做了最後一次嘗試，試圖讓佑斯圖打消這個念頭。「可是已經很晚了。我們的爸媽會擔心的。」

「那我們就執行『陀螺計畫』。」佑斯圖說。

「陀螺計畫」是三個問號偶爾會使用的一招，為了晚上能在外面待久一點，而不至於讓家人擔心。

這個計畫是這樣的：鮑伯跟爸媽說，他們三個全都在彼得家過夜；彼得則對家人說，他們要在佑斯圖家過夜；佑斯圖就跟提圖斯叔叔和瑪蒂妲嬸嬸說，他們全都在彼得家。這樣一來，大人就不會擔心，而三個問號就能視情況需要自由行動。

當然，他們只有在沒有其他辦法的時候才會這麼做。他們也很明白，在目前的情況下，採用「陀螺計畫」是恰當的。

彼得投降了。「好吧，」他表示同意，「就讓恐龍把我們吃掉吧。」

「這種事不會發生的。」佑斯圖回答：「我們大約一個小時後在那間石油公司碰面。鮑伯還可以趁這段時間去查一點資料，我也會去準備一些小東西。」

10

危險的線索

如同先前約定好的，三個問號不久之後就在「加州石油公司」前面集合。佑斯圖的腳踏車後掛了一個小拖車，上面用帆布蓋著，看不出來裡面有什麼東西。

「你們看看那裡。」鮑伯指著石油公司的大門。好幾組電視臺工作人員在那裡跑來跑去，用聚光燈照亮了那塊地方。此外還有很多看熱鬧的人聚在那裡，有些人高舉著牌子，上面寫著：「恐龍，我們愛

你們！」

大門前面搭起了一座售票亭，出售入場券。

彼得睜大了眼睛說：「他們讓訪客進入洞穴！這哪裡像是在做科學工作！」

「對啊，而且一張入場券要賣五十美元呢。」鮑伯說：「這也太貴了吧。」他看著他的兩個朋友，又說：「不過，從我剛才找到的資料來看，這倒是很合理。約翰・齊特從他父親那裡繼承這間公司，幾年前，這個地方想必有豐富的油礦，他還增建吸油裝置。可是儲油量大概是漸漸減少了，減少的速度可能比齊特所想的更快。據說他投資很多錢在那些吸油裝置上，如果剩下的石油不多，那他的投資就會泡湯。順便提一下，那些想在洞穴裡面拍攝的電視臺也必須要付費！這是我聽我爸說的。」

佑斯圖看著那些鑽油機械和吸油裝置，思索了一會兒，然後說：「這很有意思。如果一個人有一座沒有石油的油礦，又欠下很多債務，他會怎麼做呢？」他露出神祕的微笑，然後指著那片長長的鐵絲網說：「我們騎車到鐵絲網後面。」

「你想去哪裡呢？」彼得問。

佑斯圖回答：「如果那隻恐龍是從洞穴裡出來的，那麼一定不是從前面，否則牠早就上電視了。」他微微一笑。「我相信後面還有一個入口，那我們就可以免費參觀這一切。」

彼得呻吟了一聲。「如果到最後我們碰上一隻真正的恐龍，到時候我們該怎麼辦？」

「我待會兒就會告訴你。」佑斯圖說。

三個問號一起沿著鐵絲網騎，離開了石油公司的大門。「加州石油公司」的場地真的很大，一眼望去看不到盡頭。騎了大約一公里之後，三個問號來到一片長著野生灌木的岩石地。

「我們把腳踏車停在這裡吧，」鮑伯氣喘吁吁的說：「我快騎不動了。」

「好，」佑斯圖表示同意，他自己也在流汗。他們把腳踏車停好，佑斯圖忙著去弄他腳踏車後面那節小拖車上的東西。

四周靜悄悄的，一個人也沒有，三個問號只聽見颳起的夜風在輕輕呼號。

「我本來可以躺在床上做著美夢的……」彼得埋怨著。

「可是那不像你現在要經歷的事這麼刺激。」佑斯圖笑著說，把兩個沉重的噴灑器分別遞給鮑伯和彼得。

「這裡面裝了什麼？」彼得嘀咕著，「飲用水嗎？好讓我們不至於渴死？」

「不，是顏料。」佑斯圖回答：「我們在史托克博士那裡遇見了賀伯特教授，不久之後就遭到一隻恐龍的攻擊，我覺得這件事很奇怪。那看起來很像是針對我們發動的攻擊。」

「也可能是牠已經把附近的野兔全吃光了，卻還沒吃飽。」彼得說。

「我們要用這些顏料來做什麼？替那些恐龍著色嗎？」鮑伯提出疑問。

「沒錯，」佑斯圖說：「如果我們想要證明有一隻特定的恐龍盯上了我們，我們可以用顏料在牠身上做記號。對一隻野生動物來說，這種行為相當不自然。」

「哦，」彼得表示懷疑，「但牠也可能只是餓了，而這裡除了我們以外什麼都沒有！」他搖搖頭，「再說，這些全都只是猜測，並沒有證據。」

「那又怎麼樣？」佑斯圖有點不耐煩的說：「每一樁案子都是從一個懷疑開始的。我們會蒐集到證據的！」

就在這一刻，一陣拍動聲蓋過原本的風聲。三個問號抬起頭看，一隻翼龍正飛在他們頭上的高空。「牠在那裡！」佑斯圖小聲的喊：「我敢打賭，牠又是衝著我們來的。」

「如果你想得沒錯，那我們該怎麼辦呢？」彼得問，他膽怯的咳了幾聲。

「找到入口。」佑斯圖回答：「而且要快！」

11 芝麻，開門！

三個問號急忙向前跑，然後鮑伯突然停下腳步。

「那裡有個東西！」鮑伯指著鐵絲網後面，一個通往地下的狹窄坡道。

「運氣真好。」彼得小聲的說，但他隨即愣住了。「可是鐵絲網上根本沒有門。我們要怎麼進去呢？」

佑斯圖點點頭。「牠們不需要門，因為這隻恐龍會飛。」

「但我們可不會飛！」彼得抬頭往上看，那隻翼龍仍舊在高空中盤旋。

「那我們就只好爬過去。」佑斯圖咬緊了牙關，因為他是三個問號當中體重最重的，而那片鐵絲網比一個大人還高。除此之外，他們每個人背上還背著一個沉重的噴灑器。

彼得也望向那片高高的鐵絲網，他對佑斯圖說：「佑佑，把你的噴灑器給我，我背得動的。你只需要把自己弄過去就好了。」

佑斯圖看著他的朋友，鬆了一口氣。他把噴灑器遞給彼得，開始爬上鐵絲網。

往上爬了兩公尺之後，佑斯圖氣喘吁吁的說：「也許我偶爾該少吃一塊櫻桃蛋糕。雖然我認為蛋糕對大腦細胞有好處。」

「別說話，繼續爬！」鮑伯指著那隻恐龍說：「看起來好像牠發現我們了。」

那隻怪物果然飛低了一點。

佑斯圖使盡全部的力氣，把自己往上拉。這時候，鮑伯和彼得已經翻過了鐵絲網，到達另一邊。

「加油，佑佑，」彼得小聲的說：「我們得進去地道裡面！」

佑斯圖點點頭。他抓住上方的鐵絲網，用盡力氣把自己拉上去。

「還差二十公分。」鮑伯喊道。

佑斯圖吸了一口氣，又再把手往上伸，感覺自己攀住了鐵絲網的頂端。他鬆了一口氣，翻過鐵絲網，然後鬆手讓自己滑落在鐵絲網的另一邊。「咚」的一聲，他跌落在地上。

彼得已經站在那道斜坡的末端，前面是一扇關著的門。他看看那道門，失望的說：「我們要怎麼把門打開？看起來這扇該死的門是鎖著的。」

佑斯圖走到他旁邊說：「每一扇門都有它的鑰匙。」他仔細觀察那扇門，門上既沒有門把，也沒有門鈕或壓桿，根本不知道該怎麼打開。

一陣尖銳的叫聲劃破了黑夜。

「佑佑！」彼得看著身後，「如果我們不趕緊想出辦法，牠就會抓到我們。」

在三個問號身後，風聲簌簌作響。佑斯圖凝視著那扇門，拚命的揉著下唇。「芝麻，開門！」他喃喃的說。就在這一刻，那扇門開始向上升起。

鮑伯驚訝的看著佑斯圖。「你現在居然能用咒語開門了？」

「不，我認為是我們的鑰匙剛好飛到了我們背後。」佑斯圖咧嘴笑了，「看起來，那隻恐龍就像一張入場券。」

佑斯圖彎下身子，把頭伸進門裡，鑽了進去。鮑伯和彼得也趕緊跟在他後面擠了進去。

在他們眼前是一大片壯觀的挖掘現場：在一座小湖周圍，遍地都

是骨頭和殘骸。在湖岸甚至還有一群恐龍骸骨，看起來就像是牠們正要去飲水。

「一座恐龍墳場。」彼得脫口而出。

「或者說，是個想讓人以為是恐龍墳場的地方。」佑斯圖回話。

彼得不安的四處張望。「我們得要找個地方躲起來。那隻畜生一定馬上就會過來。」

的確，那扇門這時候已經完全打開了。佑斯圖點點頭，三個問號往洞穴更深處跑。就在這一刻，三個身影出現在一條走道上。

「快躲到那塊岩石後面！」鮑伯輕聲說。他拉著佑斯圖和彼得一起跑，彼得剛好還來得及把那兩個沉重的噴灑器拉到那塊巨大的岩石後面。

兩個身影走近了，三個問號聽見一個熟悉的聲音說：「真奇怪，看起來，訊號發射器好像就在這下面。」

「是那位教授。」鮑伯悄聲說。三個問號小心翼翼的從岩石旁邊偷偷往外瞄。

「這不可能，」另一個聲音提出反駁，接著史托克博士和賀伯特教授就從轉角處現身。約翰・齊特走在他們後面，手裡拿著一個小型操控器。

「那隻恐龍回來了。」齊特大聲說：「會不會是牠在攻擊的時候扯下了發射器，現在把發射器帶回來了？」

史托克博士笑了。「沒錯！事情一定就是這樣。我真希望當那幾個自作聰明的小鬼遭到突襲的時候我能夠在場。他們想必嚇得尿褲子。」

三個問號看著眼前這一幕，簡直氣壞了。那三個男子哈哈大笑，然後瘦削的教授說：「是啊，不過，要不是你騙他們說那個恐龍糞便是真的，我們說不定已經被揭穿了。」

史托克博士點點頭。「沒錯，把那堆糞便放在洞穴裡實在是操之過急了，齊特先生。」

「我當然著急，」齊特開始訴苦，「我的公司就快要倒閉了。這地底下連一滴石油都沒有了。如果我們不趕緊讓這個恐龍墳場引起轟動，我就完蛋了！」

瘦巴巴的教授生氣的搖頭。「偽造需要時間才能做得好，而且我們不應該太常讓這些恐龍曝光。這座洞穴在媒體上愈是顯得神祕，就愈能夠吸引更多觀眾。」

「對，對，可是欠錢的人又不是你。」齊特發著牢騷。

三個男子走到洞穴入口處，「來吧，翼龍！」齊特先生喊道：「到主人這兒來。」

那隻巨大的翼龍把頭伸進洞穴裡，東看看，西看看。佑斯圖、彼得和鮑伯嚇得渾身發抖。一股惡臭瀰漫開來，就跟他們第一次遇見恐龍時一樣。

「牠怎麼會這麼臭？您是怎麼做的？」齊特先生捏著鼻子問。

「喔，這個『香水』是我們製造出來的，」賀伯特教授微笑著說：「這是用臭氣彈和人造的動物園氣味混合而成的。我們認為，沒有什麼比一股刺鼻的氣味更有說服力！」

齊特先生按了手中那個操控器上的一個按鈕，那隻恐龍就癱軟下來。「太完美了，」他說，「這是我見過最活生生的機器恐龍。」

史托克博士檢查了這隻翼龍的嘴巴，突然說：「喔，那個發射器就在這裡。」他從機器恐龍的嘴裡拔出了一件東西，高高的舉起來。

佑斯圖看著他的兩個朋友，說：「現在我明白那隻恐龍是怎麼找到我們的了。是史托克在博物館給我們的那個胸章，胸章裡面一定裝了訊號發射器。」

彼得和鮑伯驚慌的抓住自己的外套，他們兩個仍然戴著那個胸章。鮑伯低聲的說：「如果他們發現這裡還有更多的發射器，他們就會立刻逮到我們。」

佑斯圖悄聲說：「現在那個機器被關掉了，我想，我們暫時沒有危險。」

「兩位科學家先生，」約翰．齊特對史托克博士和賀伯特教授說：「那麼，兩位今天就會向媒體介紹這些恐龍！而牠們保證會被摧毀？」

史托克博士和賀伯特教授點點頭。「不這麼做不行，」史托克博士解釋：「我們不可能長期把牠們說成是真恐龍，那樣很快就會引人懷疑。」

賀伯特教授帶著溫和的笑容說：「不過，下面這些骨頭卻是真的。不會有人發現我們用假骨頭掉換了博物館裡的收藏。」

「是啊，我這一招實在太高明了。」史托克博士得意的自誇。

「我的人造恐龍也不容小覷，博士先生。」賀伯特教授大聲說。

齊特先生看著他們兩個，說：「兩位別再爭功了。等到這兩隻恐龍被燒掉，所有的痕跡都會被消除。我會把失火的事說成是意外，說一隻恐龍撞到了一條瓦斯管線，把自己燒死了。」

兩位科學家嘆了口氣，教授接著說：「電視臺將會得到驚人的畫面。我們會說這對科學研究來說是件莫大的損失。您則得到了您所需要的廣告，未來幾十年都能靠門票賺進大把鈔票！」

齊特先生放心的點點頭。接著這三個男子就離開了。

三個問號看看彼此。佑斯圖說：「這真是一場精心規劃的大騙局。我覺得，該是我們反擊的時候了！」於是佑斯圖向他的朋友說明他的計畫。

12

彩色恐龍

「彩色恐龍！」彼得差點就大聲笑出來。

鮑伯也咯咯的笑。「這個點子真是太棒了，佑佑。誰都不會害怕一隻五顏六色的恐龍。相反的，如果這樣一隻怪物像個熱氣球一樣飄在空中，大家都會很高興看到牠。」

佑斯圖笑了，很高興自己的點子受到稱讚。「那麼，」他提議，「我們就來行動吧。」

三個問號從躲藏的地方走出來，悄悄走到那隻翼龍旁邊。佑斯圖的點子很簡單，而簡單的點子通常都有很好的效果。本來佑斯圖只想用顏料在恐龍身上做記號，現在他打算把恐龍全身都塗上顏色。從近處看，就能清楚看出這隻翼龍是用塑膠仿製而成的。

「可惜我們沒帶相機，」佑斯圖笑著說：「我很想騎在牠身上照張相。」

「儘管牠是塑膠做的，看起來還是很嚇人。」彼得小聲的說。

佑斯圖看看他的朋友，然後不假思索的爬到恐龍背上。「你們看！」他興高采烈的大喊：「佑斯圖・尤納斯制服了這隻古老的惡魔！」

「你瘋了嗎？」彼得向他發出噓聲，「趕快下來！如果有人看見你，我們就完了。」

佑斯圖搖搖頭，把他剛剛又背起來的噴灑器的噴嘴對準那隻恐龍的腦袋。「首先，我要讓牠有一個漂亮的紅腦袋。」他把顏料吸進噴管，把那隻恐龍的頭顱噴成鮮紅色。

彼得和鮑伯也毫不猶豫的用他們的噴灑器從各個方向把顏料噴向那隻恐龍。

幾分鐘之後，這隻無齒翼龍看起來就像一件大型藝術作品：在一張紅臉上有一雙黃色眼睛和一個藍色的嘴巴。翅膀和身體則被漆上彩色條紋，在洞穴裡發出亮光。

「噢，」鮑伯呻吟著，「我的手臂累得快要抬不起來了。」

「這就是我想要的樣子。」佑斯圖滿意的說，從恐龍背上滑了下來。

彼得也從不同的方向觀看他們的作品。「像牠現在這副模樣，就算是在鬼屋裡遇見，我也不會被嚇到。」他說：「我認為我們做得很棒。」

「現在我們離開這裡吧。」佑斯圖提議。他走向那扇門，又忽然停下腳步，拍了一下自己的額頭。「這扇門是關著的，而我們沒有遙控器來控制這隻怪物。如果他們現在不送這隻恐龍出去的話，我不知道我們該怎麼把門打開。」

「噢，不會吧！」鮑伯呆望著他們面前那扇沉重的門。

「我們真是白痴，」彼得罵自己，「這件事我們先前就應該要想到才對。」

「如果他們看見這隻恐龍變成這副模樣，他們當然就不會再放牠出去！」鮑伯說。

佑斯圖看著鮑伯，覺得有點困窘。「這件事我的確做得不夠聰明。那麼，我們沒有別的辦法，只好試試看另一個方向。」

三個問號折返回去，朝洞穴更深處前進。他們愈往前面走，周圍就愈黑暗。

「這裡真是伸手不見五指。」彼得小聲說。他倚在一塊岩石上，然後他突然嚇了一跳，說：「鮑伯，佑佑！這摸起來好像一大片鱗片。我知道這裡沒有活恐龍，可是有某樣東西在這裡！」彼得小心的向後退了一步。

「等一下！」鮑伯走到彼得旁邊，把手向上伸出去，摸了摸，然後告訴彼得和佑斯圖：「在我們的上方也有這種像鱗片的東西。我猜，我們就站在那隻三角龍的正下方。」

就在這一刻，從三個問號後方傳來大聲的尖叫，響徹了整個洞穴。激動的腳步聲隨後響起，一個男子的聲音氣急敗壞的大吼：「這是誰幹的好事？」那顯然是齊特先生的聲音，接著聽見「喀答」一聲，一陣微弱的嗶嗶聲響起。

「那是無線電定位儀，」鮑伯輕聲說：「說不定在這隻三角龍身上也有一個。而我們還一直戴著那個胸章！」

齊特先生又再度咆哮，聲音傳遍地下走道。「一定是那幾個小鬼幹的。他們不知道怎麼溜進了這裡，把那隻翼龍給糟蹋了。」接著探照燈突然亮了起來。

「我們現在該怎麼辦？」彼得低聲

說：「他們一定馬上就會發現我們。」

佑斯圖看著他的兩個朋友。「把胸章摘下來交給我。這麻煩是我惹來的，我會想辦法讓我們離開這裡。」他從鮑伯和彼得手裡接過那兩個胸章，繞著那隻三角龍跑。

突然他停下腳步。「鮑伯，彼得，趕快過來。」佑斯圖指著那隻恐龍後腿之間的一個縫隙。「那裡面一定裝著一具馬達或是類似的東西。這裡有個蓋板。」

佑斯圖把背上噴灑器的金屬噴嘴插進那道狹窄的縫隙，把那個蓋板撬起來。蓋子果然打開了，裡面放著一個馬達，旁邊還有足夠的位置可以讓他們躲進去。

「你們快進去！」佑斯圖把彼得和鮑伯推進那隻恐龍的肚子裡。

「那你呢？」彼得問。

「我要把這兩個發射器固定在三角龍的角上。」佑斯圖解釋：「如果無線電定位儀被啟動，牠就會追著自己跑，意思是牠就會停在原地。如果另一隻恐龍身上的無線電也被啟動，那麼牠就一定會朝著這隻恐龍飛過來，牠們兩個會撞在一起，互相阻礙！」

佑斯圖正想要把那個蓋板再關上，彼得突然一把抓住了他。「佑佑，我比你更擅長攀爬，也爬得更快。這件事讓我來做吧！」說完，彼得把佑斯圖拉進恐龍肚子裡，伸手接過那兩個胸章。

13

卑鄙的計畫

洞穴裡有一大部分地方仍舊被明亮的燈光照亮。彼得沿著三角龍的尾巴爬到牠身上，動作盡可能又快又輕。這隻假恐龍十分龐大，布滿鱗片的皮膚要比彼得預期的更滑溜，要在牠身上移動一點也不容易。

幸好，牠高高的背部不像從尾巴爬上來的那一段那麼陡。等到彼得爬到牠背上，他就能坐得很穩。儘管如此，他還是趴下來，小心翼

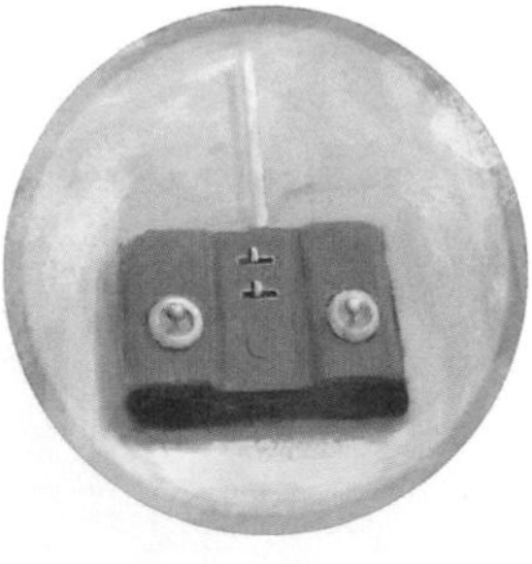

翼的爬到恐龍頭部，把那兩個發射器固定在那兩隻大角上。

「成功了。」彼得喃喃的說，開始往下爬。可是，他還沒來得及爬回三角龍的後半部，他身後就響起了腳步聲。接著彼得聽見約翰．齊特的聲音。

「史托克博士，我們必須馬上進行我們的計畫。這兩隻恐龍得要互相攻擊，然後被毀掉。」

「可是，我們不能用那隻彩色的無齒翼龍。」史托克大聲說：「沒有哪個記者會相信這是隻真正的恐龍。」

「如果牠出現在電視上，那您就完了。」賀伯特教授加了一句。

「可是我們非得這麼做不可。」齊特先生氣呼呼的回嘴：「我已經讓那些記者進來了。他們必須要目睹這場打鬥，否則我們的計畫就完了，兩位的酬勞也會跟著泡湯。」

彼得聽見史托克博士和賀伯特教授在咒罵，史托克博士說：「可是我們要怎麼解釋，洞穴裡怎麼會有一隻五顏六色的翼龍？這分明就是個騙局！」

「如果沒人察覺的話就不會有問題，」齊特說：「我們要讓事情看起來像是那隻翼龍弄壞了一條瓦斯管線，然後馬上讓牠起火燃燒。一旦牠全身都浸在火焰裡，就沒有人會注意到牠身上的顏料。」齊特露出猙獰的笑容。

「好吧，」史托克博士同意了。「但願事情會順利。這牽涉到我身為科學家的名聲。」

「也牽涉到您將從我這兒拿到的錢。」齊特大聲說。他把一個遙控器遞給史托克博士，說：「您負責操縱那隻三角龍，賀伯特教授負責操縱那隻翼龍，我去見那些記者！」

「噢，糟了！」彼得喃喃的說。如果這群騙子要讓兩隻恐龍互相攻擊，再讓牠們起火燃燒，那麼絕對不能讓鮑伯和佑斯圖留在他們躲藏的地方。他得要馬上去通知他的朋友，哪怕得冒著被發現的風險。

彼得盡可能加快速度爬向三角龍的尾巴，然後他偷偷朝洞穴裡望過去。齊特先生已經不見蹤影，那位瘦巴巴的教授正要動身朝那隻翼龍走去，只有史托克博士還站在附近。

彼得屏住了呼吸，小心的順著三角龍的尾巴往下滑，偷偷的來到馬達的蓋板旁邊。

「佑佑，鮑伯，」他小聲說：「你們得馬上出來。他們想讓這兩隻恐龍起火燃燒。」就在這一刻，三角龍的腦袋慢慢動了起來。

「可惡，」彼得罵了一聲，「牠已經被啟動了。」他輕敲那個蓋板，蓋板隨即被打開了。

「還好！」彼得鬆了一口氣，跟他的朋友說：「我們必須馬上離開！」接著他告訴佑斯圖和鮑伯他所聽到的事。

「可是我們得要阻止他們這麼做。」佑斯圖斜眼瞄向史托克博士。

「要怎麼阻止呢？」彼得也從三角龍粗壯的腿間望出去。史托克博士又按了一下遙控器，三角龍全身抖動起來。

「如果我們能夠拿到遙控器，說不定就能讓恐龍不被燒掉，並且能夠證明事情的真相。」佑斯圖拉著鮑伯，兩人一起從恐龍肚子裡爬出來。

「我們不太可能把遙控器從他手裡搶過來，」彼得說：「他比我們強壯得多。」

「用搶的是不行，」佑斯圖點點頭，「我們得趁他不注意的時候拿過來。」

「真好笑，」彼得嘀咕，「我們要怎樣才能辦到？」

「很簡單，」佑斯圖回答：「最佳的偽裝就在一個人的心裡。」

「嗄？佑佑，難道你神智不清了嗎？」鮑伯說。他躲在恐龍的一條腿後面，盡可能把身體縮起來。

「才沒有，我的腦袋清楚得很。」佑斯圖露出神祕的笑容。「我們要在史托克博士面前演一齣戲，來轉移他的注意力，就像他打算在那些記者面前演一齣戲一樣。如果我們能夠成功，我們就可以爬到三角龍的背上，騎著牠到洞穴外面！」

彼得露出不敢相信的表情，但最後還是點點頭說：「好吧，看來這的確是我們唯一的機會。可是我們要演什麼戲給他看呢？」

「只要表現得像害怕的小孩就行了，」佑斯圖說：「這通常都能夠讓大人相信！」

14

計策成功

那隻三角龍又抖動起來。佑斯圖向他的兩個朋友做了個手勢。

「現在輪到我們上場了。」

彼得和鮑伯擺出一副害怕的表情，佑斯圖看看他們，滿意的點點頭。

「大人最受不了尖叫的小孩，」佑斯圖說：「現在我們就來驗證一下這個說法是否正確！」

接著佑斯圖自己也露出一個小男孩受到驚嚇的表情，彷彿他看見了什麼可怕的東西。他小聲喊道：「走吧！」

三個問號突然從三角龍身後衝出來，大聲尖叫。他們朝著史托克博士跑過去，彷彿有魔鬼追著他們。

「牠是活的！」佑斯圖尖聲叫喊，聲音都變了。「請幫幫我們。我本來以為那只是隻機器恐龍，就跟另外一隻一樣，可是這一隻是活的，牠剛才睜開了眼睛。請您趕快開槍把牠打死！」

史托克博士嚇了一跳，猜疑的看著三個問號。可是這時候，鮑伯和彼得也大聲呼喊起來。彼得說：「我們本來以為您是個騙子，可是您其實要比我們聰明得多！」

「噢，求求您！」鮑伯用顫抖的聲音喊道：「您讓那隻翼龍來攻擊我們，一定只是想要嚇唬我們，讓我們遠離這個地方，免得我們做出什麼蠢事。可是我們太笨了，根本沒有理會您的警告！」

「沒錯，」佑斯圖哭喊著，「求求您，您得把那隻翼龍叫過來，讓牠來保護我們，免得這隻大恐龍來攻擊我們。牠剛剛睜開了眼睛，牠看見我了，我好害怕！」佑斯圖腳步蹣跚的朝史托克博士走過去，彷彿嚇呆了，緊緊抓住史托克博士的外套。

「拜託你們先冷靜下來好不好。」史托克博士生氣的看著三個問號。

「可是您得要救救我們！我們不想死掉。」鮑伯大喊。

「我們再也不會惹麻煩了！」彼得又加了一句。他也靠到史托克博士身邊。

「求求您，」佑斯圖哀嚎著，眼珠骨碌骨碌轉，「我們真的很抱歉把另外那隻恐龍噴上了顏色。我們是想要報復，因為我們以為您是個壞人。我們一定會想辦法補償您！」佑斯圖張開嘴巴，讓幾滴口水流出來。

史托克博士厭惡的縮起身子。「我說過了，拜託你們先冷靜下來。我會想辦法讓你們不會有事。笨小孩！」他把手臂垂下，沒有留意手上的遙控器。

佑斯圖等待的就是這一刻。他迅速伸手抓住遙控器，從史托克博士手裡把遙控器拿走，一邊露出天真的笑容說：「用這個東西可以把那隻翼龍叫過來，沒錯！我們把牠叫過來，讓牠跟那隻大恐龍打架。機器恐龍一定比真恐龍更厲害！」

史托克博士還沒有回過神，佑斯圖就已經啟動遙控器上的一支操縱桿。那隻三角龍踩著重重的腳步開始移動。

「就是現在！」佑斯圖大喊。三個問號跳上三角龍的尾巴，從那裡爬到恐龍的背上。

史托克博士在他們身後大吼，追著他們跑過來，伸手想要抓三角龍的尾巴。可是佑斯圖又動了另一支操縱桿，恐龍的尾巴立刻豎起來，史托克博士抓了個空。恐龍的龐大身軀在三個問號下面顫抖搖晃。

「噢，我覺得自己像是騎在一條龍身上。」彼得說。

「沒錯，」佑斯圖大喊：「現在讓我們離開這裡！」

他操縱那隻恐龍，往出口的方向走。史托克博士在他們下面追著跑，尖聲叫喊：「如果讓我抓到你們，我會把你們剁成肉醬，你們等著瞧！」

佑斯圖又動了一支操縱桿。這隻假恐龍突然晃動頭部，用嘴巴把史托克博士擊倒了。這個科學家頭昏眼花的倒在地上。

「噢，」佑斯圖喊了一聲：「正中目標。」

「不管他，」彼得說：「至少他現在沒有攻擊能力了。」

這隻三角龍隨即從史托克博士旁邊走過去，穿過這座洞穴。「出洞！」鮑伯大喊，一邊緊緊抓住恐龍頭上的一隻角。

15

恐龍大戰

佑斯圖靈活的操縱著三角龍穿過這個假造的原始洞穴。

「這些騙子造的這座洞穴真是驚人，」佑斯圖說：「看看那些骨頭就知道了。」

「他們一定是把整座博物館的收藏都偷來了。」鮑伯表示同意。

「我們要趕快出去！如果我們沒有趕在齊特和賀伯特教授前面抵達入口，之後躺在這裡的說不定就是我們自己的骨頭。你們也聽見了

他們有什麼打算。」彼得說。

「沒辦法更快了。」佑斯圖回答。那隻三角龍繼續踩著沉重的步伐在洞穴裡移動。

三個問號坐在恐龍粗壯的頸部，隨著恐龍的移動被搖來晃去，就像在騎駱駝一樣。突然他們身後響起一陣簌簌的風聲。

「是那隻翼龍。」彼得的臉色變得蒼白。「如果我們被牠抓到，而他們真的要把牠燒掉，那我們就完了。」

「我們得要轉移他們的注意。」佑斯圖說：「那些發射器還在這裡，也許牠是追著這些發射器過來的？」他四處張望，那隻巨大的翼龍飛在他們身後。又有一股刺鼻的氣味瀰漫在洞穴裡，可是這一次比先前更難聞。

「這是什麼味道？」彼得大聲問。

鮑伯看著他說：「聞起來像是汽油。他們一定是在那隻翼龍身上澆了汽油。他們果然是想放一把火，把這裡的一切全部燒毀。」

佑斯圖拚命在遙控器上按來按去。「如果那些記者沒有看見我們，就沒有人會相信這裡發生了什麼事！快，趕快把那兩個裝著發射器的胸章扔掉！」

鮑伯和彼得把胸章從恐龍角上扯下來，扔到地上。

然後三個問號屏住呼吸。那隻翼龍繼續向前飛，彩色的翅膀在洞穴裡閃閃發亮。接著那隻機器恐龍突然停下來，低下頭，又抬起頭，又再低下頭。

「佑斯圖，我們成功了！」鮑伯興奮的揮動手臂。果然，那隻翼龍就留在那兩個發射器落下的地方。佑斯圖也轉身去看，而他看見的景象讓他的血液瞬間凍結。

那隻翼龍才停下來，牠身上就冒出藍色的火焰。

「噢，」彼得喊道：「好險！」

佑斯圖緊緊抿住嘴脣。「這件事牽涉到很多錢，這些人不是什麼小騙子，而是兇狠的歹徒。要是雷諾斯警探在這裡就好了。」

在他們後方，那隻翼龍在熊熊火焰中燃燒，火焰布滿了整個走道。幸好三個問號騎在三角龍上並轉了個彎，把那股熱氣留在後面。

接著他們前方傳來一陣大呼小叫。彼得最先往前看。「佑佑，停下來！否則我們會把聚在這裡的媒體工作人員踩扁了。」

彼得指著他們的前方。三個問號抵達洞穴入口，在三角龍的前面站著幾十個記者，手裡拿著相機，另外還有幾組電視臺的工作人員。

當這隻巨大的恐龍朝著他們走過去，他們放聲尖叫，亂成一團。不過，有幾名記者隨即發現了騎在恐龍身上的三個問號。

幾秒鐘之內，驚慌的呼喊就變成了笑聲。「這是什麼意思？」一名記者大聲的問，立刻替三角龍和牠的三個騎士照了張相片。

佑斯圖往下看著那名記者說：「沒什麼，這一切只不過是場大騙局。根本沒有活生生的恐龍，就連恐龍墳場都是假的！」

「這裡聞起來為什麼有燒焦的氣味？」另外一名記者大聲問。

鮑伯看著他說：「這個我們待會兒再解釋。首先我們得要通知雷諾斯警探。」

「我已經在這裡了。」一個低沉的聲音響起。雷諾斯警探從人群中擠出來，朝三個問號走過來。「我聽說這裡將會有一場恐龍展示會，所以就決定過來看看事情是否妥當。現在看來，你們已經替我把事情解決了。」

佑斯圖搖搖頭。「洛杉磯自然科學博物館的收藏有一半都在後面這個洞穴裡，那幾個小偷也在裡面。」

三個問號從恐龍身上跳下來，急忙向警探報告那些歹徒有什麼計畫，已經做了哪些事。警探隨即招手喚來幾名警察，派他們到洞穴裡。

媒體人員包圍了雷諾斯警探和三個問號。

「嗯，警探先生，」佑斯圖扯扯雷諾斯的衣袖，「最好不要讓我嬸嬸，還有鮑伯和彼得的爸媽知道我們在這裡。他們以為我們在對方家裡過夜。」

雷諾斯警探嚴肅的點點頭，然後對那些記者和攝影師說：「基於國家安全的理由，我必須請求各位不要公開這些男孩的照片，也不要把影片公諸於世。這些男孩可能會受到驚嚇。凡是違反者，得處三十萬美元以下的罰鍰。」

原本閃個不停的鎂光燈頓時一起熄滅，那些記者紛紛發起牢騷。雷諾斯警探隨即面帶微笑的說：「那隻恐龍、那些歹徒，還有這個洞穴當然允許各位拍攝。」

就在這一刻，齊特先生、史托克博士和瘦削的賀伯特教授從洞裡跑出來。他們的臉孔被煙燻黑了，身上的衣服也被扯破了。

「我們遭到恐龍的攻擊！」齊特先生大叫：「牠們弄壞了一

條瓦斯管線，結果被火燒死了！」然後他突然停下腳步，呆呆望著那隻完好無缺的三角龍。「牠怎麼還會在這裡？」他對著史托克和賀伯特咆哮：「我以為牠已經被摧毀了！」

「別這麼大聲，媒體在這裡！」史托克博士低聲說。

可是已經來不及了。齊特先生一張臉脹得通紅。「我的意思當然是……呃……我……唉。」他張開嘴巴，身體癱了下去。

賀伯特教授和史托克博士也放棄了。「我只不過是想要成名，」賀伯特說：「這本來是個大好機會。」

「關於這一點，你可以在監獄裡好好反省。」雷諾斯警探說，替教授和他的同夥銬上了手銬。

「非常感謝我的特別行動小組。」雷諾斯輕聲對三個問號說，隨後就把三名歹徒帶走。

16

瑪蒂妲孃孃說了算

幾天之後，「提圖斯．尤納斯舊貨中心」發生一件令佑斯圖、彼得和鮑伯吃驚的事。提圖斯叔叔駕著他的小貨車，停在舊貨中心的院子裡，開始從車上卸下一大批人造恐龍骨頭。

「哈囉，小朋友！來幫幫忙吧！」叔叔對著三個問號喊。「為了發財，這些人真是什麼點子都想得出來。這批人造骨頭是我以低廉的價格向洛杉磯自然科學博物館買來的。」

彼得從那堆骨頭裡拖出一個巨大的頭顱，戴在自己頭上。「我看起來怎麼樣？」他大聲的問。

「很可怕。」提圖斯叔叔笑著說：「我真希望那個齊特先生的詭計被揭穿的時候我也在場。究竟他的計畫是哪裡出了差錯，報紙什麼也沒說。」

「喔，」佑斯圖避重就輕的回答：「他那些假恐龍不知道為什麼著了火。」

提圖斯叔叔點點頭。「無論如何，那些電視臺可是大出洋相。起初他們全都報導有一隻恐龍，好像是叫三角龍，現在他們又說那整件事只是一場騙局。他們實在太好騙了。」

鮑伯咧開嘴笑了。「我爸爸的主管給他一整頁的篇幅來報導這件事。他是少數幾個沒有受騙的人。」

「尤納斯先生，現在您打算怎麼處置這些骨頭呢？」彼得問，一邊把那個顱骨從頭上拿下來。

「『自己動手組裝真實尺寸的恐龍』，聽起來不錯吧。」提圖斯叔叔露出得意的笑容。「也許我們可以在這個院子裡組裝一個。」

在他身後的房門被打開，瑪蒂妲嬸嬸走到門廊上。她手裡端著一個櫻桃蛋糕，飄散出可口的香味。

「提圖斯．尤納斯，」她生氣的說：「我看得很清楚，你又帶了什麼可怕的東西回來。我也聽見了，你這顆古怪的腦袋裡打著什麼嚇人的主意。你可別以為我願意每天看著這堆骨頭。得在報上讀到它們的消息，對我來說就已經夠了。」

「喔，」提圖斯叔叔低低應了一聲，然後他看著佑斯圖，問道：「你覺得呢？」

佑斯圖沒有多做考慮，就說：「瑪蒂妲嬸嬸說得有道理。這麼一大堆骨頭只會讓人倒胃口。」

瑪蒂妲嬸嬸放心的嘆了一口氣。「聽你姪兒的話，提圖斯。」

她大聲說，一邊對著佑斯圖露出燦

爛的笑容。「來吧，孩子們，我建議你們把這堆嚇人的骨頭放在某個沒人的角落。過一陣子，提圖斯可以再把它們賣掉。」

佑斯圖、彼得和鮑伯向彼此露出微笑，然後他們每個人都拿起一個恐龍頭骨，戴在頭上，朝著瑪蒂妲嬸嬸跑過去。他們把恐龍的大嘴弄得啪答啪答響，異口同聲的大喊：「可是你得先餵我們吃櫻桃蛋糕！」

恐龍大復活

作者｜波里斯．菲佛
繪者｜阿力
譯者｜姬健梅

責任編輯｜呂育修
封面設計｜陳宛昀
行銷企劃｜吳函臻

發行人｜殷允芃
創辦人兼執行長｜何琦瑜
副總經理｜林彥傑
總監｜林欣靜
版權專員｜何晨瑋、黃微真

出版者｜親子天下股份有限公司
地址｜台北市104建國北路一段96號4樓
電話｜（02）2509-2800　傳真｜（02）2509-2462
網址｜www.parenting.com.tw
讀者服務專線｜（02）2662-0332　週一～週五：09:00~17:30
傳真｜（02）2662-6048　客服信箱｜bill@cw.com.tw
法律顧問｜台英國際商務法律事務所・羅明通律師
製版印刷｜中原造像股份有限公司
總經銷｜大和圖書有限公司　電話：（02）8990-2588

出版日期｜2021年4月第二版第一次印行

定價｜300元
書號｜BKKC0043P
ISBN｜978-957-503-961-5（平裝）

國家圖書館出版品預行編目資料

3個問號偵探團. 7, 恐龍大復活 / 波里斯.菲佛文；阿力圖；姬健梅譯. -- 第二版. -- 臺北市：親子天下股份有限公司, 2021.04
面；　公分
注音版
譯自：Die drei ??? Kids Rückkehr der Saurier.
ISBN 978-957-503-961-5(平裝)
875.596　110002704